불안할 때만 나는 살아 있다

안주철 시집

문학동네시인선 142 안주철

불안할 때만 나는 살아 있다

시인의 말

해야 하는 일에 구멍이 뚫리면 여유가 생긴다.
조급해지지만 그것도 여유다.

2020년 6월
안주철

차례

2부 사라지면서 모든 걸 남기는 저녁이 온다

3부 궁금할 때마다 밤이다

1부

모르는 글자에서 꽃이 피기 시작한다

보르헤스의 시

동그랗게 말린 시를 건네면서
보르헤스는 낭독을 부탁했다

대답 대신
동그랗게 말린 시를 서서히 펴고
시를 바라보았다

라틴어로 쓴 보르헤스의 시를
읽을 수 없었지만

계속 들여다보아도
긴장이 되거나 관객이 두렵지 않았다

시를 계속 바라보고 있는데
모르는 글자에서 꽃이 피기 시작했다

보르헤스도
관객도
나도 사라졌지만

꽃이 계속해서 자랐다

은빛 송사리

그런 저녁이 있는 거야 저무는
해가 낮은 골짜기에서 보이지 않지만
노을을 떠올리면서 울어야 하는
흐린 저녁이 있는 거야

좁아진 개울에서 찬바람이
한 마리씩 방죽으로 기어올라오고
송사리떼가 은빛 배를 번갈아
뒤집으면 밤이 되는 거지

옅은 어둠을 한 번씩 튕기는 소리랄까?
귀를 기울이면서 노을 지는 소리를
들으려고 나는 지금 울고 있는 걸까?

그만 살자 이 말을 믿지 않지만
그만 살자 우리 이제 잘살자는 말로는
버틸 수 없는 때가 왔는지 모르지만

송사리떼가 은빛 배를 뒤집으면서
상류로 거슬러올라가고 있어

어둠이 길고긴 한 마리가 되기 전에

홍미로운 슬픔

개 한 마리가 끌고 가는 노인의 나이
셀 수 없는 눈이 내리고
셀 수 없는 눈이 녹는다

거리에서 녹는 눈이 있고
허공에서 녹는 눈이 있다

개 한 마리가 끌고 가는 눈보라가
꼭 사람같이 느껴질 때가 있지만
그 한 사람을 껴안기 위해
우리가 해야 할 일은 없을지 모른다

사람 하나하나가 모여서
우리가 되는 것이 아니라는 사실을
알게 된 이후부터 시작된 홍미로운 슬픔

개 한 마리가 모퉁이를 돌아서는 순간
노인은 혼자가 된다

눈보라를 먼저 끌고 가는 개의 우정에
대해 잠깐 생각한다

눈이 되기 위해서 녹는 눈이 있고

눈이 되고 나서 녹는 눈이 있다

정리가 되지 않는 노력

노력을 정리할 시간이 필요하다
더 늦기 전에
이미 늦었다 하더라도

질문은 대부분 대답을 추적하느라 일생을 바친다
때때로 질문은 대답을 뛰어넘고
스스로 대답이 되어 문을 닫기도 한다

약속을 지키기 위해
화가 나더라도 이해가 되지 않더라도
더 많은 노력을 사방에 깔아놓았다

노력을 정리해야 한다는 걸 알면서도

좋게 시작한 하루가 마지막까지 좋게 끝나는 경우는 드물고
나쁘게 시작한 하루가 해가 지기까지 나쁜 경우도 흔치 않은데

수많은 동물을 사냥해봤지만
노력을 한 방에 쓰러뜨리는 방법은 아직 구하지 못했다

시간은 흘러간다

당신과 내가 한 살 더 먹은 것이 아니라
당신과 나를 동시에 넘어뜨리면서 시간은 간다
쓰러지지 않았다는 착각을 반듯하게 세워놓고

한 해 한 해 지나가면서 나는 늘어난다
나는 혼자 사는 대가족이다

서열은 없지만 방은 좁아지고
더욱 복잡해진다 벽면에 끼어 사는 나도 있고
밖에서 들어오지 못하는 나도 있다

오래전부터 준비한 슬픔이 이제는 부족하다
슬픔도 바닥이 날까

눈물도 눈물을 흘릴 것 같은 표정도
내가 잡아둘 수 있는 건 이제 없다

눈동자

천변에 다녀와
닫히지 않은 화장실 문틈으로
밥상 위에 놓인 삼겹살을 바라본다

봉지에서 반쯤 꺼내다
밥상 위에 올려놓은 삼겹살은
나보다 나를 더욱 깊이 이해하면서
낮은 천장을 올려다보고 있다

삼겹살 한 주먹 사면서 부끄러워하고
집에 와서 한숨 푹푹 쉬면서
구워 먹을 나를 상상이나 하듯이
삼겹살은 눈을 깜박이고 있다

화장실 문틈으로 삼겹살을 몰래 바라보면
거대한 짐승의 눈인 삼겹살은
좁은 방을 살펴본 후
문을 열지 않고 집 밖으로 나갈 것 같다

봉지에서 나온 첫번째 다리가
내가 사는 방일 것 같아서
나 또한 다리의 일부일 것 같아서

불안은 차곡차곡 쌓인다

거대한 눈동자는 언제나 나를 향해 있고
삼 미터 밖에서 나의 식욕은
겁도 없이 어슬렁거리고 있다

겁도 없이

좀비의 일기

더 솔직하게 이야기한다 해도
지금보다 더 정직하게 살아간다 해도
달라지지 않을 생이라면

기껏 태어난 대로 살다가
어쩌다 익힌 좋고 나쁜 습관들
남의 일 보듯이 맹하니
들여다보고 갈 생이라면

아직 무너질 게 남은 사람은 부자다
이 생각 하나로 버티는 비리비리한 생도 생일까

세상을 살아가는 것이 쉽지 않지만
내 몸에 흠집을 내지 않으면
견딜 수 없는 지루하고 비루한 나날들

그치지 않겠지

그치는 순간 보아야 하는 저세상
건너갈 수 있을까 맨입으로

저세상도 죽을 자격을 얻어야 갈 수 있다면
나, 모가지 반쯤 꺾고 밤낮 돌아다니는

좀비가 되어야 하겠지

이미 그러고 살면서
내가 나에게 살짝
눈감아주고 있는 것은 아닐까

홍미로운 아버지

가난한 아버지는 없다
병든 아버지도 결코 이 세상에 없다
태어나 한 번도 죽지 않은 아버지가
늙지도 않고 숨쉬지 않는 아버지가 돌아온다는 말
홍미롭다

아들아 손가락이 짓무르는구나 잘라다오
숙제를 마치지 못한 것은 아버지의 시시한 명령
때문은 아니지만 학교는 가는 곳
이유 없이 혼나고 나빠진 기분을 들고 집으로 돌아오는 곳
한 번도 가고 싶지 않았지만
그렇다고 나빠진 기분을 썰어서 보여줄 수도 없었지만

아버지의 손가락을 자르고 손가락을 어디에
갖다 버려야 하는지 몰라
아무도 가르쳐주지 않았지만 모두가 가르쳐준 것 같은
나만 알고 나만 모르는 곳에 쌓아두었다

매일매일 아버지를 잘라드렸다

아들아 발가락 수명이 다한 것 같구나 잘라다오
일을 마치지 못했지만 아버지의 발가락을 하나하나 자르면서

내가 해야 할 일들 모두 잊어버린다 발가락 하나는
남겨둔다 그것이라도 아버지라고 부르려고

모두 잘랐을 때 아버지는 사라졌지만 나는 명령이
그리워서 창고를 열고
잘랐던 순서를 뒤집어서 아버지를 기우기 시작했다

아버지 명령해보세요 제대로 힘을 주어서
쥐가 갉아먹은 입이 움직이지 않아서
내 입을 오려 아버지 얼굴에 달아드렸다

아들아 네 입은 가볍구나 명령을 내려도 마음이 무겁지
않구나
대답을 하기 위해 아버지의 입에서 내 입을 떼어내려는
순간
아버지는 내 팔을 비틀며 말했다 내 입에 더이상
손대지 말거라 아들아

비가 오겠다

내 가슴에서 출발한 눈물이
당신의 눈에서 쏟아지는데도
나는 모른다

어디까지가 눈물인지

당신의 이마와 당신의 주름과
당신의 쓸쓸한 나이를
나는 세고 있다

눈에 잘 띄지 않는 곳에서 내가
왜 눈물을 흘리는지 모르는
한 마리 구석이 될 때

누군가 나를 손끝부터 머리끝까지
눈물로 오해하고
가슴을 쓸어내리듯이

비가 오겠다

외롭다 그립다 쓸쓸하다
이런 말들 밖에서 가만히
세상을 들여다보면

고요와
고요의 위치를 확인하기 위해
귀를 기울이면

위로가 필요하지 않을 때까지
귀를 기울이면

위로가 필요하지 않은 세상을
새떼가 되어 날아가듯이

비가 오겠다

셀 수 없는 새떼가 되듯이
다 날아가 사라져도
끊임없이 남겨지듯이

간

고가 다리 아래 사내의 침실은 놓여 있네
노을이 몇 번 다녀간 흔적이
한 송이 두 송이
이불에 구겨져 있네

다 셀 수는 없네

노을이 지는 바닥이 어디인지
여전히 알 수 없지만
바닥은 아래가 아닐 수도 있네

검은 비닐에서 꺼낸 소주를 들이켜며
사내는 가슴속으로 젓가락을 집어넣네

지금 뿌려지는 노을은 전부 사내의 것이네

허리까지 차오른 노을에 허우적거리며
사내는 간 한 점을 간신히 꺼내 먹네

뒤돌아보지 않는 사내는 검은
비닐에 소주를 넣고
눈을 감은 후
기다리고 또 기다리네

간이 자라서 또 꺼내 먹을 수 있을 때까지

너는 나인 것 같다

우리는 아직 조금 남아 있다
없는 것처럼

우리는 아직 덜 사라졌다
섭섭하지만

내가 가진 것은 너 또한
네가 가진 것은 나 또한
확인할 수 없지만 가지고 있다

나도 믿지 않는다 그러나 믿음을 벗어나는
나의 이상한 행동이 너의 이상한 행동을 닮아 있다

너는 운다 나는 우는 너를 본다
나는 운다 너는 우는 나를 본다

우리가 끝까지 감추지 못하고
서로에게 민망한 장면을 하나씩 상영할 때

우리가 서로 미워하면서도 웃고
우리가 서로 만나기 싫으면서도 마주앉아
늘어진 시간을 톡톡 부러뜨릴 때

너는 운다 네가 모르는 곳에서
나는 운다 내가 모르는 곳을 만들면서

나는 너인 것 같다
미안하지만

너는 나인 것 같다
불쾌하겠지만

치킨

치킨은 아무리 자주 먹어도
줄어들지 않는다 치킨은
먹으면 먹을수록 선명해지는
신의 마지막 선물임에 틀림이 없다
이럴 수는 없다 이건 음식이 아니다
확인할 길이 없다
아 치킨!

물리게 먹어도
치킨은 며칠 지나지 않아
먹고 싶은 마음이 금세 한 마리가 된다
치킨은 순환한다 치킨은 자전한다
치킨은 공전한다
아 치킨, 오 치킨, 오우 치킨!

치킨이 먹고 싶다 아이 몰래
아내와 하고 나서도 치킨이 먹고 싶다
이 시를 읽고 있는 당신도 치킨이 먹고 싶겠지?

치킨을 주문하라
치킨의 참맛을 알기 위해
치킨의 위대함을 마지막까지 놓치지 않기 위해
싸움을 하든가

이혼을 하든가
직장 상사의 싸대기를 노을 끝까지 올려붙이든가

다 읽었으면 치킨을 주문하라
두 마리도 좋다
네 마리도 좋다

엉덩이 좀 긁을게

너는 죽었어 내가 죽고 나서 그걸 알았어
모든 사실은 너무 늦게 도착해
살았는지 죽었는지 모르고 평생을 살았네

죽었다는 것을 알게 되는 데 너무
오랜 시간이 걸렸어 조금 부끄럽지만
엉덩이 좀 긁을게

너를 사랑해 다른 말을 건네고 싶지만
너를 정말 사랑해

너와 사랑 사이에 넣을 단어를 익히기 위해
얼마나 많은 사람과 헤어졌는지 몰라

거짓말이 아니기를 빌게 미안하지만
엉덩이 좀 긁을게

음악이 멈추자 가장 놀란 사람은 가수였어
노래에서 가장 멀리 추방당한 사람은 가수였지

자신의 목소리에서 추방당하는 사람은
아름다운 슬픔을 가지고 있다는 생각이 들어

넌 어때? 미안
네가 그 가수인지 까먹고 있었어

미안하지만 급하게 엉덩이 좀 긁을게

찬비가 내려서

1
찬비가 내려서
가게 앞을 밝힌 전등이 빛난다

찬비가 내려서

하나가 빛나고 둘이 빛나고
고인 물웅덩이에 빗방울이 떨어지면
꽃이 피고 꽃이 진다

저렇게 빠르게 피는 꽃도
저렇게 빠르게 지는 꽃도

처음이다

지는 꽃인지 피는 꽃인지 구분이 되지 않지만
찬비가 내려서 꽃이 빛난다

필 때 빛나는 꽃이 있고
질 때 마지막으로 빛나는 꽃이 있겠지만

오늘은 물웅덩이에 꽃이 핀다고 말할 수 없고
오늘은 빗방울이 꽃이라고 말할 수 없다

지는 꽃잎이 흘러간다 물결을 만들며
피는 꽃잎이 흘러간다 물결을 만들며

2

가게 앞을 밝힌 전등이 빛난다
한 상자가 빛나자 두 상자가 빛나고
세 상자가 빛나자 오토바이가 배달을 마친다

찬비가 내려서 물웅덩이에 꽃이 피고
꽃이 진다 어디까지가 꽃잎이고 어디까지가
줄기인지 알 수 없지만
밤 또한 깊었지만

피는 꽃도 지는 꽃도 아래로 흘러간다

꽃이 피는 물계단을 만들며
꽃이 지는 물계단을 만들며

서러워지는 친구들

눈이 내리면
여기는 쌓이고 저기는 녹는다
그 무늬 상공에서 직각으로 내려다보고 싶지만
여기는 녹고 저기는 줄줄이 얼어붙는다

멱살을 잡고 욕을 펑펑 퍼부으며
서로의 얼굴을 향해 주먹을 날리면

눈물을 흘리는 친구가 있고
피를 흘리는 친구가 있고
눈물을 참는 친구가 있고
눈물을 말리는 친구도 있지만

역할이 꼭 정해진 것이 아니어서
여기는 녹고 저기는 쌓인다

어느 쪽에 더 많은 눈이 쌓이고
어느 쪽에 더 많은 분노가 녹는지
알 길이 없지만
여기는 말리고 저기는 팔짱을 낀다

우리는 가난한 친구들 돈도 모자라고
친구도 모자라고 분노도 모자라서

오랫동안 복수심을 간직하지 못하는
펑펑 눈 내리는 우리는
비열한 친구들

반복해서 싸워도 또다시 친해지는 우리는
서러워지는 친구들 여기는 녹고 저기는 쌓이지만
상공에서 직각으로 한 판씩 녹고 있는 눈을
살아서 확인할 수 없는 우리는
친하게 지내면
친하게 지낼수록 서러워지는 친구들

인사

허리를 중심으로 세상이 돈다

허리를 중심으로
나는 내가 된다

인사

허리에는 다리가 둘
팔이 둘
행성처럼 돈다

인사

허리 맨 가장자리에 발이 있고
손이 있고
머리가 있지만

인사

허리를 중심으로 으깨지면서
나는 내가 된다

아이가 아이를 들고

팽목항에 가서 밥을 먹은 적이 있다
목포신항에서 밥을 먹은 적이 있다

산 사람과 먹은 것인지
죽은 사람과 먹은 것인지
아이와 먹은 것인지 부모와 먹은 것인지
내가 먹은 것인지 당신이 먹은 것인지

모른다

기억에 길이 끊겼다

나는 몇 조각쯤 살아남아서 밥을 먹고
잠을 자고 걷다 왔을까

몇 조각의 뼈가 발견되었고
몇 조각의 뼈가 기적같이 아이가 되었다

몇 조각의 뼈가 또 발견되었고
몇 조각의 뼈가 아이가 되려고 하다가
끝내 아이가 되지 못하고
아이 주위를 서성였다

팽목항에서 목포신항으로 가는 길은 계속해서 희미해졌다
너무 희미해서 선명했지만
나는 내가 누군지 몰라 허둥거리고
당신은 당신이 누군지 몰라 허둥거리는 동안

아이는 아이에서 떠나고 있었다
알 수 없는 순서를 남기고
아이는 아이에서 계속해서 떠나고 있었다

팽목항에서 목포신항으로 가는 길들이 가끔 하늘에서 쏟아졌다

죽은 아이가 자신의 뼈 몇 마디를 손바닥 위에
가지런히 올려놓고
천천히 조심스럽게 걸어오고 있었다

2부

사라지면서 모든 걸 남기는 저녁이 온다

세상을 돌려주면서 사는 생

달이 뜨는 원룸에 살아서 좋다 나는
나를 데리고 좋다

세상에게 세상을 고스란히 돌려주면서 사는 생
해가 뜨는 아침도 좋다
해가 지는 저녁도 좋다

전 주인이 주고 간 침대에 누워
그 사람 어디로 이사 갔을까?

내가 그 사람처럼 살고
그 사람처럼 울고
구멍가게에서 맥주를 사들고 돌아와
꼭 그 사람같이 하루하루를 보낸다 생각하면
하늘도 땅도 멀지 않고
옥상과 지하도 평등하다

떠난 사람은 떠난 사람이지만
그 사내와 똑같이 설거지하고 가끔
울다가 찌개를 끓이지만

그 사내가 끓인 찌개를
혼자 몰래 다 먹어치우는 기분으로 산다

전 주인이 물려준 침대에 누워
내가 언제까지 이곳에 살지 모르고
내가 언제까지
나를 유지할 수 있을지 모르지만

물컹물컹한 생

내가 바라본 모든 것이
나를 밟고 꿈틀꿈틀 지나간다

한강까지 이어진 하천을 따라
달이 있으면 달을 보면서
노을이 있으면 노을이 꺼져서
밤이 시작될 때까지

삼나무 사이 반짝이는 별들이
삼나무 열매라고 생각하면서
걷는다

한강에서 리버 한을 몇 번 부르고
리버 한이 오늘도 역시 강물을 접으며
앉아 있는 것을 보면서

걷는다

몇 년째 마트 앞에서 채소를 파는 사내를 보면
눈물이 난다 오십을 넘긴 사내가
안아 올리는 어린 딸이
며칠 전 맞춘 안경을 만지작거릴 때
안경알 안쪽에 찍힌 아이의 지문에도

눈물은 돈아날 것이다

내 눈물의 거처가 나라고 말할 기운은 없다
그렇다고 내 눈물의 거처가 저 사내의
앞날이라고 말할 수도 없다

내 삶이나 사내의 삶이 크게 다르지 않겠지만
고개를 좌우로 흔들면서 우리가 반대할 수 있는
불행도 있을 것이다

내가 바라본 세상이
한 올 한 올 풀어진다 한 올 한 올
풀어진 세상은 늘 울퉁불퉁하고
나 또한 그 속에 하나의 물건으로 놓여 있다

사람도 아니지만
열매도 아니지만

너무 긴 대화

외롭다
누구에게도 말하지 않았지만
초저녁달이 흐리게 지듯이
천변의 오리가 일으킨 물결이 다시
잔잔한 수면에 말라붙듯이

라면 끓여 먹자
내가 나에게 말을 건넨다
하나 끓여서 나눠 먹을까?

한 명은 굶고 한 명은 먹는다

창문을 열면 바람이 분다 어디에서
바람은 배가 갈렸을까? 왜 바람이
돼지라도 된다는 거야? 이야기가
끝나지 않았으면 하는 시시한 소원이랄까?

전깃줄이 흔들리고 있어 아슬아슬하게
흔들리는 전깃줄을 보고 있으면
하늘의 이쪽도 하늘의 저쪽도 모두
하늘이 아닌 것 같아

다음 생에는 무엇으로 태어나고 싶어?

난 지옥에서 한판 쉬고 싶어

잘까?
벌써?

변신

자유가 쏟아진다
몸이 편해진다 인간이 아니라
생각하니 하늘이 맑다
땅이 푸르다

개가 되려고 결심하면
이제 침을 흘리며
남의 집을 지키면서도
인간보다
더 인간다워질 수 있다

인간이 되기를 멈추고 나니
뼈가 간지럽다

인간으로 살기를 포기하자마자
나는 인간으로 살고 있다는
착각으로 가득찬다

이 느낌을 포기할 수 없어서
방바닥을 세 바퀴 돌고
고양이가 된다

이 느낌을 반복하기 위해

한 번에 여러 마리의
개가 된다

내가 나에게 묻는 저녁

죽을 필요도 없을 만큼
늙어서 시들시들해진 생

오래전에 죽었는데
언제 죽었는지 궁금해하면서
꾸벅꾸벅 졸거나

죽긴 언제 죽었어? 목소리를 높여
마지막까지 고집을 피우면서
신경질을 낭비하는 생

다시 살고 싶어도
디딜 그림자도 없고
기어올라갈 계단도 없는 생

야!

알지 못하는 사람이 소리를 질러도
그게 나일 것 같아서 두렵고

두렵지만 나였으면
나도 모르게 소원을 빌다보면
지나가는 시간들

너무 빨라서 셀 수도 없지만

더이상 나이를 먹지 않아도
될 것 같은 생
이제 죽어도 산 것과 마찬가지일 것 같아서
후회할 것도 없는 생

당신은?

내가 나에게 묻는 생

늑대

언제 썼는지 기억하지 못하는 편지가
늑대 한 마리가 되어 돌아왔을 때
내가 경험하고 내가 의지하면서 살아온 생각이
더이상 유효하지 않은 소인이 되었다

되돌아온 늑대 한 마리 때문에
나는 구멍이 숭숭 뚫린 속임수가 되었다

내가 기른 망각 때문에
내가 편지를 잃어버렸다고 여러 차례 강조했기 때문에
되돌아온 편지를 당혹스러워하고 두려워하는
주인이 되고 말았다

늑대가 돌아와 젖은 털을 털며
험악한 계곡을 토해낼 때에도
나는 늑대가 경험했을 것 같은 고요한 숲을
단 한 걸음도 양보하지 않았다

나는 나를 원망할 시간이 부족하지 않았다
그러나 때로 낭비해야 할 것들을 구분하지 못했다

내가 누군가에게 썼는지 잊어버렸지만
내게 돌아온 늑대는 분명 편지였다는 사실을

끝까지 거부하면서
나는 늑대와는 전혀 관계도 없는
꿈에서 본 새와 하늘을 떠올리는 실수를
마음껏 반복해서 저지르면서
늑대에게 주어야 할 먹이가 무엇인지 고민하지 않았다

이제 나에게 남은 생각으로는 저 늑대의 눈빛을
해결할 수 없게 되었다는 것을 인정하지만
이 해결할 수 없는 상황이 불러오는 만족에
마지막까지 의지하면서

늑대가 되어 돌아온 편지를 읽지 않기 위해
내 앞에 있는 늑대로부터 벗어나기 위해
이 세상에서 가장 신뢰할 만한 슬픔을
필요로 하는 사람이 누구인지
고민하기 시작하면서

나는 아무도 읽지 않는 편지가 되었다

엄마는 우리가 죽은 줄도 모르고

죽어야 해
우리는 오래전에 죽었는데
엄마는 왜 또 죽고 싶어할까?

넌 잘살아라
엄마보다 더 오래전에 죽은 자식에게
미래가 있다는 듯이 말하는
쭈글쭈글 철없는 엄마

밥 먹자
오래전에 죽었는데도
나쁜 습관은 버릴 수가 없다

죽었으면 좋겠다
엄마는 오래전에 이룬 소원을
자주 잊어버린다

너무, 자주, 잊 · 어 · 버 · 린 · 다

성긴 구름

성긴 구름을 익히면서 이글이글
달이 지나가네

대패삼겹살 굽듯이
대패삼겹살처럼

천변에 나와 가만히
대패삼겹살 떠올리면서
얇은 구름을 뜨겁게 달구는 달을 보네

조금 치욕스럽지만
조금도 아름답지 않지만

침을 삼키네

불안할 때만 나는 살아 있다

불안만이 나의 고향이다
흔들리는 고향

비가 내리는 봄에는
봄비에게 다른 이름을

눈 녹은 물이 저수지 수위를 높이듯이
차가운 수위를 저장하듯이
불안만이 나의 흔들리는 고향이다

나에게서 태어나는 나만의 고향이
온전히 나의 것이 되기까지는
몇 번은 더 새로 태어나야겠지만
그게 죽음에서 멀지 않겠지만

꽃이 필 때를 조심하면서
꽃이 필 때
꽃이 피기 전의 이름을 조심하면서

꽃이 질 때를 조심하면서
꽃이 지기 전까지의
꽃 이름을 가까스로 조심하면서

내가 죽으면
내 고향은 어디에다 묻을까?
내가 죽으면 내 고향에 어울리는 이름은
몇 평이나 되어야 하나?

불안할 때만 나는 살아 있고
불안할 때만 나는 고향에 산다

봄이 되어서 내리는 비는 봄비 말고
다른 이름을
봄비가 적시는 꽃잎에게도
비에 젖기 전의 이름은 제발 그만

바닥

더운 여름, 구름이 그림자를 평평하게 펼치며 흘러갈 때
미인 앞에서 시원하다고 말했지만, 사실
내가 건네고 싶었던 욕망이 무엇인지 가만히 풀어헤쳐보면
고개를 떨구고 뒤통수를 득득 긁는다

애써 감출 사이도 없이 스스로 드러나는 증상
아름답다고 말해야 할까?
진심이 스며들었다고 말해야 할까?

다시 고개를 들어 지나가는 버스 번호표를
이유도 없이 확인하고, 경사가 차곡차곡 쌓인 인도를
올라가는 노인을 바라보며
이마를 짚고 안타까워하는 것도
내가 겪고 있는 허무를 버티기 위한 손쉬운 방법,
아닐까?

한 여자를 진심을 다해 사랑했다 그러나
같은 고백을 여러 차례 반복했다면
고백의 바닥을 채우고 있는 무늬를 어느 날
빤히 들여다보게 되었다면
이 생 더 살 필요 있을라나?

이곳에 쓰레기를 버리지 말라 붙여놓은 팻말을 보면

팻말까지 떼어 쓰레기로 만들고 싶은 사람의
울퉁불퉁한 손금 안에 남은 기적은
몇 번 더 뒤집혀야 할까?

내 고백이 더이상 진심을 담지 못한다는 것을 알았을 때
내 고백이 매일 일삼는 변명과도 구분되지 않는다는 것을 알았을 때
내가 이 세상에서 몰래 도려낸 희망의 종류는 모두 달랐지만
눈썹 하나 까딱하지 않고 지껄인 고백도 결국 하나였는지 모른다

결국 확신이 몰고 온 또다른 고백도 고백의 바닥
막다른 골목에서 사방을 에워싸는 담장처럼 번져가는 목소리,
이 목소리는 누구의 것이며
좌절을 끝까지 유지하면서 내가
지키고 싶었던 것이 무엇이었는지 확인할 길이 없지만
모든 것을 다 잊어버릴 때까지 나뭇잎은 허옇게 배를
뒤집으며 흔들린다 지난해 흔들리지 못한 것까지
마저 마무리하겠다는 듯이

누구의 것인지 모르지만

갈아도 그만
달라도 그만인
고백의 바닥을 한번 더 뒤집으면서

건방지게 깐죽거리면서

내 입으로 아버지, 밥을 먹는다

건방진 아버지

이제 죽어서 혼내줄 수도 없고
새벽까지 원망을 늘어놓을 수도 없는데

아버지 내 입으로 밥을 먹는다

허락도 없이
씹지도 않고

어금니가 다 빠지자
죽은 아버지가 돌아왔다

원망도 하소연도 닿지 않는 장소에서
나는 멀건 죽을 먹는다

죽은 아버지가 돌아와
나를 밀어내고
내 입으로 죽을 퍼먹는다

건방지게 깐죽거리면서

그래도 한번 더 살고 싶다

무지, 이것 하나로 세상을 버티면서 살았다

아내와 딸은 경주에서
나는 서울에서
함께 살지 않고 함께 떠나지 않지만
가족 여행을 즐기며 산다

태양을 일 년에 한 바퀴 도는 지구에서
살아가기 때문에 누릴 수 있는 우주여행,
행운일까? 불행일까?

지친 아내의 허리에 내 돌머리를 올려놓고
천장을 올려다보면
비록 지금도 내가 어떻게 생겨먹었는지 모르고
앞으로도 모르고 지내면서 이 생을
간신히 버티겠지만

다음 생에도 나는 아내와 어린 딸과 함께 살고 싶다
내가 알 수 없는 거짓말을 하고 있다 하더라도
내가 모르는 나까지 몽땅 데리고

이런 시시한 소원을 품고 살아가는 사람이
세상을 바꿀 수는 없겠지만 그래도 나의 생,

변변치 못했고 순탄치 못했다 하더라도
다시 한번 살고 싶다

바뀌지 않는 삶이라도
그게 내가 가진 것, 혹은 내 것은 아니더라도
내 것이라고 착각하면서 산 삶도
내가 유일하게 누린 아름다움,
아니었을까

불행에 대한 예의

경주 계림 앞에서
아내를 안고 있었을 때 나,
세상에서 잠깐 지워졌던 것 같다

아내는 계림을 등지고
나는 들판을 등지고 서로 안고 있었지만
어쩌면 그때 우리가 등지고 있었던 것은
세상이었는지 모른다

만만하게 생각한 세상이
결코 만만하지 않아서 헉헉거릴 때
나는 아내를 사랑하면서
아내는 나를 사랑하면서
이 세상을 간신히 견뎌냈는지 모른다

그러나 나와 아내가 안았던 것은 어쩌면
나도 아니고 아내도 아니었는지 모른다

아내에게 사랑한다고 말하면
아내는 혀를 내밀며 아줌마가 되지만
오래전 나는 내가 아니었을 때가 있었고
아내도 아내가 아니었을 때가 있었다

지금 생각해보면
기억에 남을 시련도 없는 생을 살았다
끝까지 차례를 지켜가며 누구나
만나게 되는 불행을 겪으며 살았을 뿐이다

순서를 기다리며 불행을 겪어야 하는 생,
내 차례가 올 때까지 꾸벅꾸벅 졸다가
깜짝 놀라 맞닥뜨린 시시하고 아름다운 불행들,
내 생이 저물어도 시들지 않겠지

노을 한 마디를 꺾다

어두워지지 않았습니다

번들거리는 긴 길 위에 노을 한 박스

쏟아집니다

보랏빛 같기도 합니다

두 눈을 비벼봅니다

입을 벌리고 죽은 아버지는 떠올리지

않겠습니다

마른 슬픔을 가지고 싶은 계절입니다

걸을 때 자주 뒤를 돌아봅니다

저를 따라오던 길들이 이제 자주 사라집니다

발자국을 제자리에 여러 번 쌓아올립니다

제 스스로 만든 비탈이

너무 높습니다

은행나무

가을입니다

기울어지는 해가 서산으로 자빠지면서도
마지막까지 후려치는 은행나무 뒤통수
우수수 잎이 떨어질 날은 아직 아니지만
나뭇잎에 물든 노란 모래알들이
뿌옇게 흩어지고 있습니다

인간으로 태어나 눈물 닦는 법
반복해서 배워 다행입니다

멈추지 않는 저녁

눈을 감으면 저녁이 온다
물 묻은 저녁이 온다

멈추지 않는 저녁이
길을 잃지 않는 저녁이
방향을 바꾸지 않는 저녁이

온다

눈물과 함께 오기도 하고
식욕과 함께 오기도 하고
오지 않았는데 이미 도착해 있기도 한다

머물면서 집을 짓는 저녁이 있고
사라지면서 모든 걸 남기는 저녁이 있다

눈을 감으면 저녁이 온다
발소리를 주머니에 주워 담으며
엷은 어둠을 비비며
더욱 캄캄하게

3부

궁금할 때마다 밤이다

싸울 수밖에

어떤 비밀도 남아 있지 않은 생
더이상 감출 것도 없고
감출 시간도 턱없이 부족한 생

여기까지 살아온 것만 해도 기적일까?

하루를 더 산다 해도
일 년을 더 견딘다 해도
십 년 동안 겪을 모든 슬픔과 괴로움을
일기장에 기록하고
불안과 공포를 한 점씩 맛본다 해도

오늘까지만 살까?
이 질문의 나이는 몇 살이나 되었을까?
한 인간보다 오래 산 질문이
이뿐만은 아니겠지

오늘만 견디자
결심도 권유도 아니지만
우리 이제 더 살아봐야
슬픔도 괴로움도 새롭지 않을 거야

기쁨도 새롭지 않을 것 같아서

위로가 되지만

아버지를 사랑함

1

손톱 한번 자기 손으로 깎지 못한 아버지
이제 저는 손목을 끊을 수 있게 되었어요 아버지
저세상 가기 전에 끊었다면 아버지 속 좀 썩었을 텐데
푹푹 눈이 쌓였을 텐데 봄이 필요했을 텐데
조금 더 살 수도 있었을 텐데

빌려드릴까요? 아버지 끊은 손을 빌려드릴게요
왼손이 필요하면 오른손을
오른손이 필요하면 왼손을 빌려드릴게요 살아나세요
죽을 때 몸을 빠져나갔던 온기를 모아서

어머니는 아직도
늙지 않고 아름다워요

2

손목을 끊었다 붙일 수 있는 마술을 익히기 위해
내가 낭비한 시간

목숨을 끊었다 붙일 수 있는
마술을 익히기 위해
나를 부수고 내 밖으로 나가기 위해 낭비한 시간

아버지
이 거짓말 진짜로 만들라고 미친듯이 살았어요

담배 한 개비 다 타들어갈 때까지 긁은 손을
아버지 묘에 가만히 놓아둘게요 죽으니깐 부끄러워서
묘를 열고 나오지도 못하는 아버지 저 갈 테니깐
무덤 속같이 밖이 캄캄해지면
나와서 손톱 깎고 그 자리에 제 손을 놓아두세요
술 처먹고 풀숲에다 버리지 말고

죽은 아버지에게 명령을 내리고 집으로 돌아간다
병들고 가난했던 아버지는 다시 살아도 괜찮다
어머니 괜찮을까? 어머니는 말없이
내 질문을 쪼개서 먹는다

내가 나를 사십 년째 넘고 있다

내가 나를 사십 년째 넘고 있지만
넘고 있다는 사실을
사십 년째 성실하게 까먹고 있다

살아 있는 것이겠지?

내 나이를 가끔 아내에게 물을 때가 있다
아내가 나를 째려본다

내 나이를 가끔 아이에게 물을 때가 있다
사춘기인 아이는 내 나이를
한참 넘어
먼 곳을 바라본다

그곳이 어디인지 모르지만
꼭 한 번은 가보고 싶다

내 나이를 가끔 거울에 비추어볼 때가 있다
나이에도 앞뒤가 있고
좌우가 있을 것 같다

금간 거울을 또다른 작은 거울에 비추자
두 개의 거울이 동시에 깨진 것 같다

내 나이를 가끔
죽은 아버지에게 한꺼번에
꾸어주고 싶을 때가 있다

돌려받을 수 없겠지만

흐린 저녁

비가 오면 저녁이다
비가 오면

눈이 섞여서 내리고
비가 섞여서 내리고
나는 계속해서 가라앉으며 서 있다

안개가 흘러가고
눈이 녹아 사라지고
비는 멈추었는데

나는 어디에서 잠시 멈추었는지
나는 어디까지 흘러왔는지
나만 모른다

나는 까맣다

흐린 저녁이 꿈틀거리면
내가 어디까지 나인지
알 수 없다

역겹지만 어쩔 수 없는

밤에 잠을 이루지 못하고
새벽 산 능선을 비비며 뜨는 해를
가만히 힘 빼고 바라보면

내가 인정하지 않는 것들이 나를 살게
한다는 생각을 구름이 환해지듯이
옥상이 서서히 드러나듯이 한다

만나면 때려죽이고 싶을 만큼 미운 사람도
나를 살게 한다

어쩌면 내가 이 생에서 그토록 원했던 것도
근근이 하루하루를 견디기 위해
미워하고 사랑한 것 이외에 아무것도 아니었는지 모른다

그러니 사랑도 이 생을 견디기 위한 선택이었고
미움도 이 생을 견디기 위한 단순한 선택이었다

다만 이 둘을 구분하기 어려워질 때
생이 그만 툭 끊어져 멈추고 주위가 환해지겠지만

궁금할 때마다 밤이다

결국 아버지 죽었다
평생 병든 채 살았고
반전 없이 마지막도 병들어 죽었다

아버지가 죽었는데
왠지 나의 일부를 끌고 간 느낌이 든다
그게 무언지 알 수 없지만

아버지 죽을 때 가지고 간 게 도대체
뭐예요?
죽으면서 저승에 뭐 들고 가는 사람이
어디 있어요?

제삿날 아버지 잠깐 왔다
닭갈비만 먹고 간다
가끔 내가 올려놓은 도넛을 먹기도 하지만
한입만 먹고 갔는지 반쪽은 달지 않다

살다보면 바쁜 일도 많고
잊고 지내는 것도 많아서
세상에 대한 불만도 피곤해서 갖지 못하지만
아버지, 도대체 뭘 가지고 간 거예요?

궁금할 때마다 웃는다
궁금할 때마다 밤이다

끈질기게 어둡다, 생은

놓아서는 안 되는 생이 있다

마지막은 마지막에

처음과 마지막이 닮을 듯해서
늘 괴롭고 슬프지만
그걸 누군가에게 배우고
그걸 누군가로부터 받았다면

쥐었던 손을 펴고
손등을 보기 위해서
마지막 손등을 위해서

처음도 마지막도 없다
그걸 사랑이라 부르기 위해서
그걸 이상한 사랑이라 부르기 위해서

이제 이상한 사랑이 필요하고
이상한 사랑은
손을 펴고 손을 뒤집을 때

오로지 손등을 보기 위해
꽉 쥐었던 손을 펴고

손등 위의 감은 눈동자 열 개를 내려다보면서
후회와 눈물이 흐르지 않을 때까지

아름답다

무엇이 더 아름다울까?
죽은 사람과 자신의 죽음을
자신의 손으로 쌓아올리는 사람 중에

누가 더 아름다움에
가까이 다가갔다고 말할 수 있을까?

더 아름답고
더 멀리 세상 밖으로 달아난 사람에게
밥은 먹었냐? 이런 말을 걸고 싶을 때가 있다
밥은 먹으면서 달아나고 있냐?

회사에서 끝내지 못한 일을 집에서 마무리해야 할 때
나는 서러워진다 무엇이 잘못된 것인지 알지만
어디까지가 나를 위한 법인지도 알지만
힘없는 사람은
아는 만큼 괴로운 게 세상 아닐까?

책상에는 빌려 온 책이 꽂혀 있고
그 책들 표지를 힐끔힐끔 바라보면서 일할 때
외롭다 괴롭다 쓸쓸하다못해 슬프지만
그런 순간에만 써지는 시가 있다는 것,
생각하면 견딜 만하다 다만

내가 언제까지 견디고
언제까지 나라는 인간에게 시를 쓰게 할지는
내 손에 달린 문제가 아닐지도 모른다

일을 하는 사람과 일을 하기 싫어하는 사람과
일하기 싫어서 시 쓰는 사람 중에
누가 제일 먼저 아름다워져서 꽃잎을 떨어뜨릴까?

그 모두가 나이지만
모두가 낯설어서 서로가 서로를
겹치지 않게 살아가는 나날을
어느 세상에다 확 부어버릴 수 있을까?

식사

매일 혼자 밥을 먹는다
하루는 왼손으로 밥을 먹는다

이 불편이 겨우
한끼를 버티게 한다

하루는 숟가락을 쓰지 않고
하루는 젓가락을 쓰지 않고

김을 먼저 다 먹고
밥을 먹기도 한다

밥을 다 먹은 후
김은 내일 먹기로 하고
식사를 끝낼 때도 있다

포옹

이마에서 흘러내린 땀방울이 턱에서 한 방울
볼에서 한 방울, 그러나 무더위가
숫자를 지우고 있지 숫자를 세는 나까지
지우고 있지

사랑한다고 말하기도 전에
해가 지고 폐허가 되어
걸어가는 나를 만난다면

그게 너무 자연스러워서 뒤통수를
긁을 필요가 없다면

사랑한다고 말한 후에
사랑한다고 말한 순간을 깜박했다면

어디에 있는지 알 수 없게 된
무더위의 위치가
살아 있는 동안에만 느낄 수 있는 포옹이라면

포개지지 않는 포옹이라면
포개지지 않아도 포옹이라면

눈보라 앞에서 등을 돌리고

주지의 등에서 눈보라가 일었다 찻상 앞에 앉은
아내와 딸은 주지가 이야기를 들으며 고개를
끄덕일 때마다 희미하게 웃는다

주지는 아내와 딸의 이야기를 한참 듣다
들은 이야기를 아내와 딸에게 되돌려준다

첫번째 입은 늘 이렇게 쉽게 지워지는 걸까?

창 너머로 눈발에 지워지는 산을 바라본다
지 · 워 · 진 · 다?
산은 지워지지 않는데
나는 오직 나를 지우는 데 모든 힘을
헛 쓰면서 산 것 아닐까?

주지의 등에서 날린 눈보라가
다시 창으로 들어오지 못하고
날리는 눈송이들이 쌓고 있는 흐린 풍경을 바라보면서
처마에 매달린 쪼글쪼글한 산감 향을 떠올린다

새해를 누각에서 맞이하려는 사람들은 성실한 사람들이다
눈 내린 산길을 밟으며 누각으로 향하는 사람들은 선한
사람들이다

그러나 나는 올해도 성실하게 슬퍼하면서 새해를 맞이할 것이다

산으로 올라가는 사람들의 발자국들이 모이고 모여서
다음 사람을 미끄러뜨릴 때
많은 사람이 지나간 산길이 다음 사람을
받아주지 않을 때

내가 나만의 길을 가지 않았기 때문에 만든 위험,
내가 만들지 않았기 때문에 순서대로 찾아오는 불행?

모든 사람이 하나의 길을 걷는 위험한
곡예가 주지의 등 너머에서 벌어진다 나는
아직 말할 준비가 되지 않았고
주지는 이미 나의 말을 들을 준비를 마친 것 같다

주지의 등에서 시작된 눈보라가 창을 급하게 두드린다

은행나무 뒤에서

나무 그림자에 앉아서
나뭇잎 떨어지는 소리를 듣는다

나무 그림자가 내 몸을 딱 반으로
갈라냈는데도 미련한 나는 그것을 모른다
어쩌면 이 세상에 살고 있다는 착각이
나를 건강하게 하는지 모른다

나무에서 일 미터 떨어진 돌 위에 앉아
사람들이 걸어가는 모습을
가만히 힘을 빼고 바라보면
사람들은 모두 나무에 들어갔다
나무를 잊고
나무에서 나온다

나무 그림자에 앉아서
나뭇잎 떨어지는 소리를 듣고 있으면
내가 나무 뒤에 숨어서
나무에서 나온 나를
몰래 훔쳐보는 것 같다

내가 나를 바라보는 것을 알고 느끼지만
결코 뒤돌아보지 않는 나를

오래도록 보는 것 같은 느낌이
나를 이 세상에 살게 하는 걸까?

내가 바라보는 것이 꼭 걸어가는 사람도
나를 연속해서 떠나는 나도 아니지만
숨어서 나뭇잎 떨어지는 소리를 듣는다
숨어서 바람에 뒤집혀진 나뭇잎을 하나씩 센다

나무 그림자와 어둠의 굵기가
같아질 때까지

아이들

1
너는 죽었어 내 옆에서
내가 먼저 죽었는지
네가 먼저 죽었는지
순서를 알 수 없어

2
이번 생에 버려진 아이가 있다
다음 생에 버려질 아이가 있다

같은 아이일 가능성이 높다

이번 생에 죽은 아이가 있다
다음 생에 죽을 아이가 있다

같은 아이는 아니지만
같은 것과 마찬가지일 가능성이 높다

혀가 긴 무덤

내 그림자를 잘라서
너를 만들고 말았어

내 그림자를 한줌 잘라서
너를 만들고 말았어

너를 잘라서
부족한 내 그림자를 다시 메우려고 하는데
너를 자르자마자
내가 무덤이 되네

내 그림자를 잘라서
너를 만들었는데
너를 자르면 왜 나는 무덤이 될까?

자꾸 나는 무덤이 되네

너를 자를 때마다 나는
무덤이 되네

혀가 긴 무덤이 되네

여행의 끝

강진 도암에서 아내와 딸아이
이제 거의 다 지워진 나를 데리고
농어촌 버스에 오른다 이른 아침에 오른 버스는
냉기로 가득하고 의자에는
겨울이 앉아 있다
비어 있는 것, 가장 가득하다

버스가 설 때마다 할머니들이
버스 계단을 느리게 세면서 올라온다
자기 안에 남은 나이를 거의 다 꺼내버린
사람들의 표정은 때로 만지고
싶을 만큼 아름답다

할머니가 타자 할머니가 탄다
할머니 할머니 할머니

도암에서 강진으로 가는 버스를 타고 가면서
강진만을 날고 있는 새떼를 바라본다 저 날갯짓
하나하나 다 주울 수 있다면
이번 생, 다시 살아도 나쁘지 않을 것 같다

강진의료원에서 할머니들은 다 내린다
할머니가 내리자 할머니가 내리고 할머니가 내리자

할머니가 내린다 끝없는 할머니

강진 버스 터미널에서 나와 아내와 딸아이도
허리가 구부러진 할머니가 되어 내리고
서로를 알아보지 못한다

우리라는 슬픔

거짓말의 길이에 대해서 생각한다
차 벽을 향해 걸어가면서

거짓말의 밑바닥은 몇 마리인지 세어본다
차 벽을 두고 돌아오면서

잊어버리면 픽 웃으며
한 발자국에 한 마리씩
다시 한 마리

꿈에서도 나타나지 않는 우리라는 말이
광장에 뿌려졌을 때
이걸 선물이라 좋아해야 할지
이걸 폭탄이라 두려워해야 할지 몰랐지만

우리는 꿈에도 사라진 희미하고
뚜렷한 우리가 되어서
차 벽을 향해 걸어가고
차 벽을 두고 돌아온다

우리라는 슬픔을 완성하기 위해서
너무 오랫동안 쌓여서
끝도 보이지 않는 슬픔을 완성하기 위해서

해설

꽃의 탐구

김태선(문학평론가)

1

안주철의 시를 읽을 때면 우리는 저녁을 생각하게 된다. 해가 저무는 시간, 사물들은 노을빛을 받아 제 그림자를 길게 뻗는다. 품고 있던 어둠을 바깥으로 풀어내는 시간이다. 떠오른 해가 시간이 흐르면 서산으로 넘어가는 것처럼, 세상에 나온 모든 것은 자기만의 저녁과 만나게 될 것이다. 살아가는 일은 또한 사라져가는 것이기도 하다. 그렇게 사라져가면서 또한 존재하는 것들은 살아온 만큼의 어둠을, 밝힐 수 없는 비밀들을 제 안에 쌓는다. 안주철의 첫 시집 『다음 생에 할 일들』(창비, 2015)에서 노래하는 이는 그렇게, 존재하는 것들이 자기 바깥으로 꺼내놓은 그림자를 슬픈 눈으로 들여다보았다. 그이의 눈에 슬픔이 맺힌 까닭은, 그 눈이 사라져가는 것들이 바닥을 향해 길게 드리운 그림자에서 삶의 한계를 전하는 무력함과 만나고 있기 때문이다. 이처럼 슬픔은, 스피노자의 말처럼, 존재하는 것의 역량이 감소하는 사태를 이르는 정서의 표현이다.

슬픔은 또한, 분리된 개체들로 하여금 자신의 한계를 넘어 서로에게 가닿도록 하는 독특한 움직임을 이루어내는 감정의 표현이기도 하다. 세상의 모든 것은 개체로서 분리되어 있다. 분리되어 있다는 사실은 존재하는 것들의 한계이지만, 또한 그 한계는 존재의 조건이기도 하다. 세상으로 나온다는 건, 스스로를 몸이라는 한계로 테두리를 지어, 다른 것들과 찢겨 분리되는 일을 이른다. "나는 사라질 것이다. 내 살을 문지를 수 있는/방법이 그것밖에 없다."(「눈 4」, 『다음 생에 할 일들』) 그렇게, 시인은 첫 시집에서 '나'의 살을 문지르며 사라짐의 움직임에 함께함으로써 '나'를 이루는 한계를 넘어 사라져가는 것들과 만나고자 하였다.

한계를 넘어 타자와 만나는 일은 또한 '살'이라는 '나'의 한계와 접촉하는 일을 통해서 이루어지는 것이기도 하다. 자신을 열어 타자에 이르는 움직임에 참여한다 하더라도, 그 존재가 모두 사라질 때까지, '나'는 '나'라는 한계와 언제나 함께할 수밖에 없다. 다른 이들과 함께할 때에도 고독을 느끼는 까닭은 우리의 존재 조건을 이루는 찢김 때문이다. 인간은 언어를 습득할 때 또다시 자기 자신과 찢기게 된다. 언어는 감각적인 것의 연쇄를 분절함으로써 의미를 만든다. 언어를 발화하기 시작한 순간부터 인간은 세계의 연속성으로부터 떨어져나와 불연속적인 존재가 된다. 우리는 스스로를 '나'라고 말할 때마다 '나'로부터 분리되는 경험을 한다.

그러나 우리가 타자와 세상을 만나는 일은 '나'라는 자리를 통해서 이루어진다. 때문에 두번째 시집 『불안할 때만 나는 살아 있다』에서 시인은 '나'의 문제에 한 걸음 더 다가간다. 바깥에 이르기 위해선 먼저 '나'의 가장 깊은 안쪽을 먼저 들여다보는 우회의 길을 택해야 한다. 바닥까지 이른 후에야 우리는 그곳을 딛고 더 멀리 도약할 수 있을 것이다. 우리 앞에 놓인 이 시집에 수록된 시편들에서, 시인은 세속적인 일상의 현실에서부터 삶의 이행이라는 존재의 근원적인 지점에 이르기까지 문제적인 심급으로서의 '나'를 탐색한다.

「너무 긴 대화」에서 우리는 "외롭다"라는 말을 "누구에게도 말하지 않았지만" 외로움을 느끼는 한 사람과 만나게 된다. 그이는 "내가 나에게 말을 건넨다"라며 혼잣말을 한다. 혼잣말이라 하였지만, 그이는 '나'라고 말함으로써 '나'와 분리되는 일을 경험한다. '나'에게 말을 건네는 일은, 또다른 나를 만들어내는 분리를 통해서 이루어진다. 그이는 자기 자신과 찢겨, 라면을 하나 끓여서 나눠 먹을 때에도 "한 명은 굶고 한 명은 먹는다". '나'는 먹지만, 또다른 '나'는 굶는 역설적인 상황 역시 언어에 의한 분리가 만들어내는 독특한 움직임이다. 언어는 또한 '나'가 '나'와 함께하는 기이한 대화를 이루는 작용을 한다.

창문을 열면 바람이 분다 어디에서
바람은 배가 갈렸을까? 왜 바람이
돼지라도 된다는 거야? 이야기가
끝나지 않았으면 하는 시시한 소원이랄까?

—「너무 긴 대화」 부분

'나'가 '나'에게 건네는 말들이지만, 둘의 대화는 마치 상대의 말을 알아듣지 못하는 이들 사이의 그것처럼 서로 어긋나 있다. "어디에서/바람은 배가 갈렸을까?"라는 물음에 돌아오는 답은 "왜 바람이/돼지라도 된다는 거야?"라는, 다소 엉뚱하게 보이는 반문이다. 동문서답처럼, 서로 만나지 않는 것처럼 보이는 둘의 대화, 그러나 그 이면에서 독특한 소통의 나눔이 이루어지고 있음을 우리는 보게 될 것이다. "배가 갈렸을까?"라는 물음은, 마치 바람에게 배가 있어 그것이 어딘가에서 갈렸으리라는 생각에서 비롯된 것일 터인데, 이는 어떤 분리 혹은 헤어짐을 연상케 한다. 중국에서는 과일인 배를 갈라서 먹지 않는다고 하는데, 그 까닭이 '배를 가르다'라는 말인 '分梨(fenlí)'와 헤어짐을 뜻하는 '分离(fenlí)'의 발음이 같기 때문이다. "배가 갈렸을까?"라는 물음을 앞서 전한 중국어의 표현에 빗대어 본다면, 바람이 분리되어 나온 곳이 어디인지 묻는 표현으로 이해할 수도 있을 것이다. 그에 대한 다른 '나'의 대답은 "돼지라도 된다는 거야?"인데, 이는 아마도 "배가 갈렸을까?"라는 물음에서 도축의 의미를 이끌어낸 후 거기에서 '돼지'라는 말을 연상한 것일 터이다. 결국 이 물음에는 한 삶의 죽음에 관한 것이 담겨 있는 셈이다.

둘이 나누는 대화의 이면에 담긴, '바람'의 탄생과 죽음에 관한 물음은 '나'에게 삶의 행로가 문제가 되고 있다는 사실을 우리에게 일러준다. 첫 시집에 수록된 시 「다음 생에 할 일들」에서 아내에게 다음 생에 할 일들에 관해 이야기했던 이처럼, 「너무 긴 대화」에서의 '나'는 "다음 생에는 무엇으로 태어나고 싶어?"라고 묻는다. 그런데 돌아오는 답은 "난 지옥에서 한판 쉬고 싶어"라는, 삶에 지친 이의 말이다. 그와 같은 심정에 처한 목소리를 우리는 다른 시편들에서도 만나게 된다. 「좀비의 일기」에는 "내 몸에 흠집을 내지 않으면/견딜 수 없는 지루하고 비루한 나날들"이라는 말로 자신의 삶을 소개하는 이가 등장한다. 「내가 나에게 묻는 저녁」에서는 자신의 삶을 두고 "죽을 필요도 없을 만큼/늙어서 시들시들해진 생" "다시 살고 싶어도/디딜 그림자도 없고/기어올라갈 계단도 없는 생"이라고 전하는 이의 목소리를 들을 수 있다.

2

무엇이 이들로 하여금 삶의 모든 가능성을 소진해버린 것처럼 무력한 상태에 놓이게 하였을까. "기억에 남을 시련도 없는 생을 살았다"(「불행에 대한 예의」)는 술회처럼, 어쩌면 지극히 평범하고 굴곡 없는 삶에서 얻은 관성이 만든 권태가 그이를 무력한 자로 만들었을지도 모른다. 자학이라도 하지 않으면 "견딜 수 없는 지루하고 비루한 나날들"(「좀비의 일기」)이라고 하였지만, 안주철 시에서 말을 건네는 이는 모든 가능성이 소진되고 난 이후에도 삶을 어떻게든 살아내기 위해서, 자신에게 주어진 부정적 측면을 정면으로

응시한다. 그러한 움직임 중에는, '나'의 지금 여기를 이루는 근원들 중 하나인 '아버지'에 대한 성찰이 있다. 『불안할 때만 나는 살아 있다』에는 전작보다 아버지에 관한 노래가 많이 수록되어 있다. 안주철의 시에 등장하는 아버지의 모습은 "손톱 한번 자기 손으로 깎지 못한"(「아버지를 사랑함」) 것처럼 나약하지만 또한 '나'에게 명령을 내릴 정도로 권위적인 인물로 표상되기도 한다. 그러한 아버지를 마치 버릇없는 아이로 대하는 모습을 보이는 시 한 편이 있다.

아버지 내 입으로 밥을 먹는다

허락도 없이
씹지도 않고

어금니가 다 빠지자
죽은 아버지가 돌아왔다

—「건방지게 깐죽거리면서」 부분

"내 입으로 아버지, 밥을 먹는다"라는 말로 이야기를 시작하는 「건방지게 깐죽거리면서」에서 '나'는 아버지를 두고 "건방진 아버지"라고 부르며 "이제 죽어서 혼내줄 수도 없고/새벽까지 원망을 늘어놓을 수도 없"다며 한탄한다. 마치 아버지의 혼령에 빙의된 것 같은 상황을 전하는 것 같은 이야기이지만, 실상 그이는 자신의 '입'에서 '아버지'를 본다. "어금니가 다 빠지자/죽은 아버지가 돌아왔다"는 말로 어느덧 아버지와 같은 나이, 혹은 그 처지에 이르게 된 자신을 보는 것이다. "건방지게 깐죽거리면서"라는 말로 아버지를 업신여기는 태도는 아버지에 대한 "원망"을 드러내는데, 이는 또한 아버지처럼 나약하게 되어가는 자기 자신에 대한 원망의 말처럼 들려온다. '나'의 몸을 통해 아버지가 돌아오는 일로 표현된 나이듦, 이는 유한한 삶을 살 수밖에 없는 이들에게는, 이렇게 '나'를 시련에 빠뜨리는 일이기도 하다.

「흥미로운 아버지」는 "매일매일 아버지를 잘라드렸다"는 말처럼 잊혀갔던 아버지에 대한 기억이, "잘랐던 순서를 뒤집어서 아버지를 기우기 시작"한 것처럼 다시 돌아오는 이야기이다. 돌아온 것은 단지 기억만이 아니다. "아버지"로 상징되는 것들이 '나'의 몸을 통해서 회귀하는 것이기도 하다. '나'에게 아버지는 그리움의 대상이기도 한 모양이다. '나'는 "내 입을 오려 아버지 얼굴에 달아드"리며, 아버지로 하여금 "명령"을 할 수 있게 한다. 어쩌면 이는 사라져갈 수밖에 없는 유한한 존재의 운명에 맞서는 시도일지 모른다. 그러나 이러한 시도는 아버지라는 이름이 상징하는 부권적 질서에 다시 속박되는 사태로 이어진다. '나'가 자신의 입을 되찾아오려 할 때, "아버지는 내 팔을 비틀며 말했다 내 입에 더이상/손대지 말거라 아들아"라고 한다. 입을 빼앗기게 된 상황에서 말은 '나'의 것일 수 없을 터이다. 때문에 안주철 시의 '나'는 다른 길을 모색해야 할 것이다.

「아버지를 사랑함」에서 아버지에게 전하는, "이제 저는 손목을 끊을 수 있게 되었어요 아버지"라는 '나'의 말은 치기 어린 반항, 혹은 불효의 표현처럼 보인다. 손목을 끊는다는 말은 자신의 삶을 스스로 끝낼 수 있게 되었다는 뜻을 담고 있기 때문이다. 그러나 '나'가 전하는 말은, '손톱'보다 더 큰 '손목'을 제시함으로써, "손톱 한번 자기 손으로 깎지 못한 아버지"에게 그보다 더 큰일을 할 수 있게 되었다는 의미를 담고 있기도 하다. 그렇게 '나'는 더 큰일을 할 수 있게 된 자신의 손을 아버지에게 "빌려드릴까요?"라고 말한다. 그러나 단서 조항이 붙는다. "왼손이 필요하면 오른손을"이라며, '나'는 아버지의 요구와는 '다른' 것을 제시한다. 이와 같은 말 건넴을 통해서 '나'는 자신의 입을 아버지로부터 되찾아오는 일을 하는 것일 터이다. 그런데 "손목을 끊을 수 있게 되었어요"라는 말로 '나'가 전하는 일은 과연 어떠한 것일까.

손목을 끊었다 붙일 수 있는 마술을 익히기 위해
내가 낭비한 시간

목숨을 끊었다 붙일 수 있는
마술을 익히기 위해
나를 부수고 내 밖으로 나가기 위해 낭비한 시간

아버지
이 거짓말 진짜로 만들라고 미친듯이 살았어요
—「아버지를 사랑함」 부분

"낭비한 시간"이라는 표현처럼 '나'가 이루려 한 것들은 유한한 존재인 인간에게 불가능한 것으로 여겨지는 일들이다. "손목을 끊었다 붙일 수 있는" 일, 그리고 "목숨을 끊었다 붙일 수 있는" 일은, '마술'과 '거짓말'이라고 표현되었듯, 살아 있는 인간이 이루어낼 수 없는 것들이다. '나'는 이렇게 '마술'이나 '거짓말'과 같은 일들을 "진짜로 만들라고" 시간을 '낭비'한다. 그 까닭은 "나를 부수고 내 밖으로 나가기 위해", 즉 '나'라는 한계를 넘어서는 움직임을 이루어내기 위해서이다. '나'가 세상을 떠난 아버지를 다시 소환하는 까닭은 '나'를 일정한 한계에 묶어두는 아버지라는 이름의 상징을 극복하려 함이기도 하다. 아버지의 이름은 부권적인 질서, 즉 동일자의 질서를 표상한다. 이는 세상을 하나의 척도로 존재하는 것들의 서열을 세우고 그에 따라 포함과 배제의 움직임을 벌인다.

동일자의 질서는 '나'를 중심에 둔 시선의 움직임, 즉 주객 구도에 따른 인식으로 이어진다. 문제는 이와 같은 인식이 사물을 주체의 앎을 위한 대상의 지위로 떨어뜨리고 그 실질을 박탈한다는 데에 있다. '나'를 중심으로 한 인식은 사물과 사태의 참다운 모습을 가린다. 「서러워지는 친구들」에서 볼 수 있는 것처럼, "상공에서 직각으로 한 판씩 녹고 있는 눈을/살아서 확인할 수 없는 우리는" 서로의 다름에는 눈을 가린 채 "멱살을 잡고 욕을 펑펑 퍼부으며/서로의 얼굴을 향해 주먹을 날리면"서 찢긴 채 살아가게 되는 것이다. 문제는 「인사」에서 "허리를 중심으로 세상이" 돌고 "허리를 중심으로/나는 내가 된다"고 노래하는 것처럼, 인간은 아무리 '나'를 벗어나려 하더라도 끊임없이 '나'로 돌아올 수밖에 없다는 점이다.

시간은 흘러간다
당신과 내가 한 살 더 먹은 것이 아니라
당신과 나를 동시에 넘어뜨리면서 시간은 간다
쓰러지지 않았다는 착각을 반듯하게 세워놓고

한 해 한 해 지나가면서 나는 늘어난다
나는 혼자 사는 대가족이다

서열은 없지만 방은 좁아지고
더욱 복잡해진다 벽면에 끼어 사는 나도 있고
밖에서 들어오지 못하는 나도 있다

—「정리가 되지 않는 노력」 부분

시간의 흐름은 단순히 나이듦을 가리키는 지표에 머무르지 않고, 우리를 조금씩 무너뜨리는 움직임이 실제로 있다는 사실을 이른다. 우리는 조금씩 무너져가고 있고 조금씩 지워져가고 있다. 이를 견디기 위해서 어쩌면 우리는 사라져가는 움직임에는 눈을 가린 채, 나이를 '먹는다'는 표현으로 상실해가는 움직임을 '얻는 것'으로 바꿔 이야기하는 게 아닐까. '나'의 말처럼 계속 넘어지는 스스로에게 "쓰러지지 않았다는 착각을" 세워놓고 있는 것인지도 모른다. 그런데 「정리가 되지 않는 노력」에서 '나'는 "한 해 한 해 지나가면서 나는 늘어난다"고 한다. 이는 상실의 움직임에 역행해 얻게 되는 무언가가 있다는 사실을 일러주는 것 같다. 그러나 「너무 긴 대화」에서 '나'라고 말하는 일이, 그리고 '나'에게 말을 건네는 일이 자기와 분리되는 경험으로 나타났듯이, 「정리가 되지 않는 노력」에서의 늘어나는 '나'는 자기 자신으로부터 찢겨 나온 여러 자아이기도 하다. 이들은 지난날 "대부분 대답을 추적하느라 일생을 바"쳤던 '나'들이기도 하고 "약속을 지키기 위해"서 "사방에 깔아놓았"던 "더 많은 노력"들이기도 하다.

"더 늦기 전에/이미 늦었다 하더라도" 「정리가 되지 않는 노력」에서 '나'는 "노력을 정리할 시간이 필요하다"고 말한다. 시간의 흐름과 함께 늘어나버린 '나'들과 함께 생겨난 수많은 질문이, 좁아진 방에 갇혀 "벽면에 끼어 사는 나도 있고"라는 상황에서 볼 수 있듯이, '나'를 꼼짝 못하게 만들고 있기 때문일 터이다. '나'는 아직 이렇게 늘어난 '나'들을, 즉 "노력을 한 방에 쓰러뜨리는 방법은 아직 구하지 못했다"고 고백한다. 무수히 '나'가 늘어났다고 하더라도 이들이 '나'가 세상을 살아오면서 던졌던 질문들에 대한 해답을 전해주지는 못할 것이다. 「내가 나에게 묻는 저녁」에서 "내가 나에게 묻는 생"이라는 말처럼, 그이가 던졌던 물음들은 삶, '저녁'이라는 이름이 표상하는 저물어가는 움직임에 관한 것일 터이다. 인간의 삶은 "너무 빨라서 셀 수도" 없이 "지나가는 시간들"처럼 붙잡아 세울 수 없다. 그렇게 "멈추지 않는 저녁이/길을 잃지 않는 저녁이/방향을 바꾸지 않는 저녁이//온다"(「멈추지 않는 저녁」). 「정리가 되지 않는 노력」에서 '나'는 "한 해 한 해 지나가면서 나는 늘어난다"고 하였지만, 이는 또한 '나' 역시 이 세상에서 '지나가는' 자로서, 또한 시간의 흐름과 함께 '나'로부터 조금씩 쓸쓸하게 떠나가고 있다는 사실을 일러준다. 때문에 "나는 혼자 사는 대가족"인 것이다.

인간에게 고독은 벗어날 수 없는 숙명처럼 보인다. 고독이라는 한계로부터 비롯한 무력함은 '나'를 슬프게 한다. 그런데 「정리가 되지 않는 노력」에서의 '나'는 "오래전부터 준비한 슬픔이 이제는 부족하다"고 말한다. 앞서 우리는 슬픔은 역량의 감소로 나타나는 감정의 표현이라 하였다. '나'는 "슬픔도 바닥이 날까"라고 묻는다. 역량이, 즉 삶의 힘이 모두 소진되어버리고 난 이후라면, 어쩌면 슬픔도 바닥이 날지 모른다. 슬픔이 바닥나는 일이 문제가 되는 까닭은, 역량의 감소를 전하는 부정적인 정서라 할지라도, 슬픔은 또한 '나'의 존재를 표현하는 또다른 힘이자 우리를 살게 하는 가능성의 바닥을 현상하는 것이기도 하기 때문이다.

그러나 감정을 느끼고 표현하는 이들이 존재하는 한 슬픔은 바닥나지 않을 것이다. 그리고 우리는 앞서 「아버지를 사랑함」에서의 '나'가 "손목을 끊었다 붙일 수 있는" 거짓말 같은 일을 해냈다는 걸 안다. 이는 세상과, 그리고 다른 이들과 찢긴 채 쓸쓸히 살아갈 수밖에 없는 유한한 존재로 하여금 자신의 한계를 넘어서게 하는 움직임이 존재한다는 것을 일러준다. 이 움직임은 고독하고 불연속적인 존재들을 교통케 하며 끊임없는 감정의 수렴과 발산을 이루어낼 것이다.

3

많은 눈이 내리고 있다. 「흥미로운 슬픔」에서 '나'는 길을 함께 걸어가는 개와 노인을 본다. "개 한 마리가 끌고 가는 노인의 나이"라며 그 풍경을 노래한다. 개가 노인보다 앞서 길을 가고 있기에 그 모습이 마치 노인을 끌고 가는 것처럼 보였던 것일까. 그런데 개가 끌고 가는 것은 노인이기보다 "노인의 나이"이다. "노인의 나이"는 "끌고 가는"이라는 표현과 함께 우리로 하여금 둔중한 무게감을 느끼게 한다. 노인이 살아온 세월만큼 개가 끌고 가는 "노인의 나이"는 무거울 것 같다. 그러나 "노인의 나이"는 무겁고 더딘 것만은 아니다. 이어지는 "셀 수 없는 눈이 내리고/셀 수 없는 눈이 녹는다"라는 표현과 만나며 "노인의 나이"는 또한 눈처럼 금세 사라져가는 것의 이름이 된다.

사람 하나하나가 모여서
우리가 되는 것이 아니라는 사실을
알게 된 이후부터 시작된 흥미로운 슬픔

개 한 마리가 모퉁이를 돌아서는 순간
노인은 혼자가 된다

눈보라를 먼저 끌고 가는 개의 우정에
대해 잠깐 생각한다

—「흥미로운 슬픔」 부분

누구에게나 피할 수 없는 저녁이 찾아올 것이다. 그리고 "거리에서 녹는 눈이 있고/허공에서 녹는 눈이 있"는 것처럼 살아 있는 이들은 제각각의 삶을 살면서 그 모습을 지워 갈 것이다. 그렇게 "개 한 마리가 끌고 가는 눈보라가/꼭 사람같이 느껴질" 터이지만 '나'는 "그 한 사람을 껴안기 위해/우리가 해야 할 일은 없을지 모른다"며 사라져갈 수밖에 없는 유한한 존재를 세상에 붙잡아둘 수 없는 우리의 무력함을 전한다. 지금은 개와 함께 길을 걷고 있지만 "개 한 마리가 모퉁이를 돌아서는 순간/노인은 혼자가 된다"는 말처럼 노인은, 그리고 '나'와 우리는 모두 이 세상에 홀로 나타났다가 사라져가는 이들이다.

「흥미로운 슬픔」에서 우리가 주목해야 할 대목은, 노인과 개라는 사라져가는 존재가 '나'로 하여금 '우리'에 관한 사유로 이끈다는 점이다. '나'가 노래하는 개와 노인은 그저 '나'의 인식을 위한 대상으로 머무르지 않고 오히려 어떤 사유를 요구하는 이들로 자신을 표현하는 존재자들인 것이다. 그렇게 '나'는 "사람 하나하나가 모여서/우리가 되는 것이 아니라는 사실을" 알게 되며 그 이후 "흥미로운 슬픔"이 시작되었다는 고백을 전한다. 그렇다. '우리'라는 이름은 그저 "사람 하나하나가 모여서" 이루어진 단순한 집합을 가리키지 않는다. '우리'를 이루는 것은 "눈보라를 먼저 끌고 가는 개의 우정"과 같은 움직임이다. 우정, 그것은 어떤 동일성에 따르는 이끌림이 아니다. 우정은 사라져가는 이에게 자신의 존재를 건네는 행위이다. 사라져가는 이가 침묵으로 요구하는 호명과 부름에 응답하는 움직임이다. 이와 같은 움직임은 "거리에서 녹는 눈"과 "허공에서 녹는 눈"을 '눈'이라는 하나의 이름으로 추상하지 않는다.

꽃이 필 때를 조심하면서
꽃이 필 때
꽃이 피기 전의 이름을 조심하면서

꽃이 질 때를 조심하면서
꽃이 지기 전까지의
꽃 이름을 가까스로 조심하면서

—「불안할 때만 나는 살아 있다」 부분

때문에 시인은 존재하는 것들의 이름을 조심하고자 한다. 그리고 이와 같은 노력은 단일한 개체로 여겨지는 사물의 이름을 부를 때에도 조심할 것을 요구한다. 그렇다. 세월의 흐름과 함께 '나'가 '나'와 헤어지면서 수많은 '나'가 생겨나듯이 시간의 이행과 함께 사물들은 또한 시시각각 다른 존재가 되어가는 것들이기도 하다. 이들을 단일한 이름으로 부르는 일을 우리는 조심해야 할 것이다. 「불안할 때만 나는 살아 있다」의 문을 여는 "불안만이 나의 고향이다/흔들리는 고향"이라는 표현은, '나'에게 불안이라는 감정이 '나'를 이루는 근원이라는 점을 이르는 것이기도 하지만, 또한 끝없이 떨리는 감정을 통해서 '나'는 자신이 만나는 것들을 고정되어 있는 것으로 바라보지 않겠다는 의지를 드러내는 것이기도 하다.

물론 '불안'을 "온전히 나의 것"으로 한다는 건 힘겨운 일이다. 그러나 "봄비가 적시는 꽃잎에게도/비에 젖기 전의 이름은 제발 그만"이라며 사물과 사태를 고정되어 있는 것이 아니라 유동하는 것으로, 또한 그 '되어가는' 움직임에 참여하고자 하는 의지는 '나'로 하여금 단일하고 고정된 '나'와는 다른 것이 되어가는 일과 함께한다. "나에게서 태어나는 나만의 고향"을 "온전히 나의 것이" 되도록 하기 위해 "몇 번은 더 새로 태어나야" 한다고 말하듯, 그이는 끊임없이 새로 태어나는 일로써 끊임없이 변화하며 생성되는 존재가 되고자 한다. 그런데 안주철의 시에서 노래하는 이로 하여금 그와 같은 움직임으로 이끈 것은 과연 무엇일까. 어쩌면 그가 바라본 것들, 그가 살아오며 만난 것들에 따른 영향에서 그 이유를 찾아야 할 터이다.

4

"내가 바라본 모든 것이/나를 밟고 꿈틀꿈틀 지나간다", 『불안할 때만 나는 살아 있다』에 실린 「물컹물컹한 생」은 이렇게 시작된다. 이 말에서 우리는 그동안 '나'와 '당신' 사이를 분리하는 거대한 심연을 뛰어넘는 어떤 움직임과 만나게 된다. 일반적으로 이성 중심의 사조에서 '본다'라는 행위는 사물을 대상으로 삼아 다스림으로써 주체의 지식으로 만드는 일을 나타내었다. 이렇게 '본다'는 것은 존재의 위계와

권력의 구도를 만드는 일이기도 하다. 「눈동자」에서 노래하는 이가 "나보다 나를 더욱 깊이 이해하"는 '삼겹살'의 눈을 피하고자 하는 까닭도 그와 같다. 그러나 「물컹물컹한 생」의 '나'에게 있어 '본다'는 것은 그와는 역전된 구도를 낳는다. 그이에게 보는 일은 '나'를, 그이가 "바라본 모든 것"의 영향을 받는 수동적인 존재의 위치에 놓는다. 여기서 강력한 힘을 발휘하는 이는 '나'로 명명된 주체가 아니라 주체에 예속되지 않는 사물들, 즉 타자들이다. 타자는 주체의 앎에 포획되지 않는 미지의 영역에 끊임없이 머무른다. 앎으로 환원되지 않기에 이들은 끊임없는 물음의 원천으로서 '나'로 하여금 삶에 관한 사유를 추동케 한다. '나'로 하여금 '나'에 고립되는 일을 방해하고 앞으로 나오도록 요구한다.

시는 크게 두 부분으로 나뉘는데 앞부분에서는 "한강까지 이어진 하천을 따라" 걷는 이야기가, 후반부에서는 "몇 년째 마트 앞에서 채소를 파는 사내를 보"면서 겪는 감정에 관한 이야기가 펼쳐져 있다. "오십을 넘긴 사내"를 볼 때마다 '나'는 "눈물이 난다"고 한다. 또한 그이가 "안아 올리는 어린 딸이/며칠 전 맞춘 안경을 만지작거릴 때/안경알 안쪽에 찍힌 아이의 지문에도/눈물은 돋아날 것이다"라고 말한다. 어째서 '나'는 그들로 인해서 눈물을 흘리고 또한 그들과 접촉한 사물들에서도 눈물이 돋아날 것이라 말하는 것일까. 이는 '나'가 그들의 삶에서 자신을 비롯한 살아 있는 모든 이들이 속한 운명을, 즉 이 세상으로부터 끊임없이 지워지고 헤어지는, 사라짐이라는 운명을 보고 있기 때문이다. 그리고 그들의 무력함이 낳은 슬픔에 감응하여 변용되었기 때문이기도 하다.

내 눈물의 거처가 나라고 말할 기운은 없다
그렇다고 내 눈물의 거처가 저 사내의
앞날이라고 말할 수도 없다

내 삶이나 사내의 삶이 크게 다르지 않겠지만
고개를 좌우로 흔들면서 우리가 반대할 수 있는
불행도 있을 것이다

내가 바라본 세상이
한 올 한 올 풀어진다 한 올 한 올
풀어진 세상은 늘 울퉁불퉁하고
나 또한 그 속에 하나의 물건으로 놓여 있다

—「물컹물컹한 생」 부분

그러나 노래하는 이는 "내 눈물의 거처가" '나'라고도 "저 사내의/앞날이라고 말할 수도 없다"고 한다. '눈물'은 고립된 어느 한 인물이나 개체의 무력함에서 비롯된 것이 아니라 하나와 다른 하나가 맺는 관계에서 이루어진 슬픔의 표현이다. 앞서 슬픔을 두고 한 존재자가 겪는 역량의 감소에 따른 감정이라고 하였지만, 이 감소는 또한 하나와 다른 하나가 이루어내는 소통의 과정에 의해 출현하는 것이다. 모든 발생은 하나와 다른 하나가 맺는 관계가 이루어내는 과정 중에 발생하는 것이지, 어떤 고정된 한 항이나 지점에서 나타나는 것이 아니다. 이렇게 슬픔은 한 존재의 무력함을 전하는 감정의 이름이기도 하지만, 또한 고립된 채 존재했던 개체들이 닫힌 문을 열고 서로 자신의 존재를 나누는 소통의 과정이 존재한다는 사실을 전하는 표현이기도 하다.

슬픔은 우리의 한계로 인해 나타나지만, 또한 우리는 슬픔이라는 감정을 통해서 멀리 떨어진 이들과도 서로 연결되어 있음을 느낀다. 슬픔은 그저 정한을 해소하기 위한 것으로 머무르지 않는다. 슬픔은 분리된 존재들이 닫힌 문을 열고 서로의 존재를 나누고 있음을 일러주는 기호이기도 한 것이다. 분리되고 고립된 존재로 여겨졌던 개체들이 삶을 살아갈 수 있는 까닭은 이처럼 서로를 나누는 움직임이 이루어지고 있기 때문이다. 안주철의 시에 식욕이나 식탐, 혹은 밥 먹는 장면이 자주 등장하는데, 그 역시 존재하는 것들이 서로의 존재를 나누는 일이다. '우리'라는 이름은 고정되어 있는 것들의 집합을 가리키지 않는다. 고정되어 있는 것으로, 혈연이나 지연과 같은 동일성을 바탕으로 한 연합으로 '우리'를 이루고자 하는 한, 그 이름은 모든 이들을 억압하고 왜곡하는 기표에 불과하게 될 것이다. '우리'는 서로의 존재를 나누는 소통의 움직임으로, 지나감이라는 과정으로 끊임없이 변화해가는 모습으로 나타나는 것의 이름이다. 지나가는 것들만이 서로의 만남을 이룬다. '우리'는 어떤 특정한 집단이나 인격의 모임이 아니라, 소통과 나눔 그리고 지나감의 사실 그 자체를 이른다.

밥을 먹는 일은 단순히 섭식 활동의 의미만을 지니지 않는다. 밥을 먹는 일은 '나'의 몸에 타자를 들어오도록 하는 일이다. 식사를 할 때 '나'의 몸에 들어오는 타자는 '나'가 섭취하는 음식이기도 하지만, 또한 함께 밥을 나누는 사람의 존재이기도 하다. 밥을 먹는 일 역시 서로의 존재를 나누는 소통의 움직임이자, 서로가 서로에게 영향을 끼치고 서로의 존재가 되어가는 일이다. 안주철의 시에서 밥을 먹는 일, 그리고 식탐과 식욕에 관해 노래하는 모습을 우리는 자주 만나게 된다. 분리되고 고립된 유한성을 넘어서려는 움직임은 그렇게 밥을 먹는 일로도 나타난다. 그렇게, 밥을 먹는 일, 그리고 식욕과 식탐은 또한 삶의 의지가 또한 꺾이지 않았음을 이르는 기호이기도 하다.

팽목항에 가서 밥을 먹은 적이 있다
목포신항에서 밥을 먹은 적이 있다

산 사람과 먹은 것인지
죽은 사람과 먹은 것인지
아이와 먹은 것인지 부모와 먹은 것인지

내가 먹은 것인지 당신이 먹은 것인지

모른다

—「아이가 아이를 들고」 부분

2014년 4월 그날 이후, '팽목항'과 '목포신항'은 우리를 아프게 하는 이름들 중 하나가 되었다. 우리 사회에는 그 이름을 외면하고 기억에서 지우려는 이들이 있다. 그러나 그보다 더 많은 이가 아픔의 기억을 이어감으로써 슬픔에 참여하고 있다. 「아이가 아이를 들고」는, 그날, 끝내 바다에서 돌아오지 못한 아이들에 관한 노래이다. '나'와 우리가 그 아픔과 슬픔에 함께하는 까닭은, 우리가 그들에게서 어떤 동일성을 발견했기 때문이 아니다. 그들이 전하는 슬픔과 아픔이, 포함과 배제의 논리를 뛰어넘어 우리를 '나'의 바깥으로 나오도록 요구하고 있기 때문이다. "죽은 아이가 자신의 뼈 몇 마디를 손바닥 위에/가지런히 올려놓고/천천히 조심스럽게 걸어오"면서 '나'에게 끊임없이 말을 건네는 물음의 원천으로서 사태를 직시하도록 요구하고 있기 때문이기도 하다.

밥을 먹는 일로 나타난 나눔은 그렇게 분리된 이들을, 다른 이들을 연결시키면서 또한 서로가 서로의 존재와 닮아가는 움직임이 된다. 닮아가는 일, 이는 이들이 서로 찢겨 분리된 유한한 존재이기에, 또한 서로 동일하지 않은 이들이기에 가능한 것이다. (차이가 먼저 있고, 이들이 이루어내는 나눔으로 나타나는 닮아가기의 움직임이 이어서 나타나는 것이다. 이러한 순서를 뒤집는 순간 우리는, 앞서 이야기했던 동일성의 논리가 만들어내는 폭력의 구조에 속박당하게 될 것이다.) "포개지지 않는 포옹"처럼, "포개지지 않아도 포옹"(「포옹」)인 것처럼 '우리'는 저마다의 단수성이 모두 긍정되는, 움직이는 관계의 그물이다.

서로 다른 존재자들이 서로를 생각하며 닮아가는 상사(相思/相似)의 움직임을, 「너는 나인 것 같다」에서는 "너는 운다 나는 우는 너를 본다/나는 운다 너는 우는 나를 본다"와 같은 대구의 형식과 함께 그려낸다. 이때 우리가 주목해야 할 지점은 '너는 나다'가 아니라 "너는 나인 것 같다"에서의 '~인 것 같다'라는 표현이다. 즉, 하나와 다른 하나는 서로가 다른 존재이며, 서로를 닮게 되더라도 여전히 서로 다른 것으로 남는다. '~인 것 같다'는 여전히 둘이 분리된 채 다른 것으로 존재할 수밖에 없음을 이르는 심연의 말이기도 하다. 여기서 중요한 일은 서로를 생각하며 서로에게 닮아가려는 움직임 그 자체이다. 끊임없는 나눔의 과정으로 '우리'라는 이름이 지속될 수 있다. 서로의 존재를 나누는 일은, 찢긴 채 살아가던 이들에게 불가능한 것으로 보였던 '우리'라는 이름을 가능한 것으로 만든다. 또한 '우리'는 불가능한 것으로 보였던 것을 가능하게 하는 것의 이름이기도 하다.

우리는 꿈에도 사라진 희미하고
뚜렷한 우리가 되어서
차 벽을 향해 걸어가고
차 벽을 두고 돌아온다

우리라는 슬픔을 완성하기 위해서
너무 오랫동안 쌓여서
끝도 보이지 않는 슬픔을 완성하기 위해서

—「우리라는 슬픔」 부분

찢겨 있음을 존재의 근원적인 조건으로 갖는 이들에게 '우리'를 이루는 일은 불가능한 것으로 여겨질 터이다. 그러나 우리는 그날 광장에서 불가능하리라 생각해왔던 일들이 가능한 것이 되어 결국 이루어지는 일을 목격했다. 그 이후, 우리는 그렇게 실현되었던 일들이 지속되기 위해서는 또한 끊임없는 소통과 나눔이 이루어져야만 한다는 사실을 또한 알게 되었다. 오늘날, 우리의 삶에서 끊임없이 만나게 되는 어둠들은 서로의 존재를 나누는 일이 얼마나 힘겨운 노력을 필요로 하는 것인지를 깨닫게 한다.

"슬픔을 완성하기 위해서"는 끊임없는 나눔의, 소통의 노력이 이루어져야 할 것이다. 그리고 이러한 노력은 '나'를 지우는 일과 함께, '나'의 한계를 넘어 당신을 향해 나아가는 일과 함께한다. 이제 '저녁'은 그저 스러져가는 무력한 것의 이름에 머무르지 않는다. "손목을 끊었다 붙일 수 있는 마술"(「아버지를 사랑함」)처럼, 저녁의 시간은 또한 다른 이들과 자신의 존재를 나누며 끊임없이 다른 '나'가 되어가는 일, '나'를 끊임없이 죽이고 다시 살리는 일로써 '우리'가 되어가는 삶의 이행을 가리키는 이름이기도 하다.

「여행의 끝」에서 시인은 "자기 안에 남은 나이를 거의 다 꺼내버린/사람들의 표정은 때로 만지고/싶을 만큼 아름답다"고 한다. '우리'라는 이름을 이루는 움직임에서 가능성을 본 시인은 이제 '멈추지 않는 저녁' 역시 긍정할 수 있게 되었다. "머물면서 집을 짓는 저녁이 있고" 또한 "사라지면서 모든 걸 남기는 저녁이 있"기 때문이다. '나'의 존재가 이 세상에서 완전히 지워진다 하더라도, '나'가 이 삶을 지나가면서 타자들과 존재를 나누었다는 사실들은 남는다. 그렇게 "사라지면서 모든 걸 남기는 저녁이 있다"(「멈추지 않는 저녁」).

또한 우리는 「세상을 돌려주면서 사는 생」에서, 자신이 살고 있는 곳에 앞서 살았던 "떠난 사람"을 생각하며 "그 사람처럼 살고/그 사람처럼 울고" 하루를 보내며, 그렇게 사라져간 사람이 남긴 무언가와 삶을 나누는 이의 모습과 만난다. '나눔'이라는 건 분리의 작용을 다시 공유함으로써 서로가 함께하도록 하는 일이다. 서로의 존재를 나누는 움직임과 함께한다면, 슬픔 역시도 "흥미로운 슬픔"으로 바꾸어낼 수 있을 것이다. 그리하여 "다음 생에는 무엇으로 태어나고 싶어?"라는 물음에 "난 지옥에서 한판 쉬고 싶어"(「너무 긴 대화」)라고 말했던 이는 이제 "이번 생, 다시 살아도 나쁘지 않을 것 같다"(「여행의 끝」)고 말하기에 이른다.

5

불연속적인 존재들로 하여금 서로를 갈라놓고 있는 심연을 건너서 만남에 이르게 하는 움직임은 기이하게도 우리의 존재가 사라져가고 있다는 사실, 지워져가고 있다는 사실에 의해 이루어진다. 세상의 관점에서 보자면, 우리는 분명 한정된 시간 동안 잠시 살다가 떠나는 '지나가는' 자들일 뿐이다. 이는 분명 우리의 무력함을 드러내는 한계였다. 그러나 '나'와 '너'가 만나는 곳은, 서로에게 영향을 끼치는 곳은 바로 그 한계 지점이다. 이와 같은 한계의 경험이 「아버지를 사랑함」에서 시인이 전했던 '거짓말'과 같은 '마술'을 이루어낸다. 우리의 유한성이 곧 타자의 무한에 이르는 자리인 것이다. 그렇게 '우리'라는 만남과 나눔이 이루어졌다는 사실로 인해, '나'와 '당신'이 사라지고 난 뒤에도, 계속해서 피어나고 자라는 무언가가 있게 된다. 「보르헤스의 시」에서 시인은 그것을 '꽃'이라 부른다.

시를 계속 바라보고 있는데
모르는 글자에서 꽃이 피기 시작했다

보르헤스도
관객도
나도 사라졌지만

꽃이 계속해서 자랐다

—「보르헤스의 시」 부분

"언젠가 테니슨은 만일 우리가 한 송이 꽃을 이해할 수 있다면, 우리가 누구이고 세상이 어떤 것인지 알게 될 것이라고 말했다." 보르헤스의 소설 「자히르」에 쓰인 구절이다. 그러나 앎이 굳어진 지식이 되어버린다면, 그것은 바깥에 있는 것들로부터 문을 닫을 것이다. "산으로 올라가는 사람들의 발자국들이 모이고 모여서/다음 사람을 미끄러뜨"리며 받아주지 않는 것처럼, 이미 알려진 길을 따르는 일은, 비록 그것이 쉽고 편안한 경로처럼 보일지라도, 우리를 위험에 빠뜨리고 불행하게 만들지 모른다. 때문에 시인은 "모든 사람이 하나의 길을 걷는 위험한/곡예"와는 다른 길을 탐색하고자 한다.(「눈보라 앞에서 등을 돌리고」) 시인 역시 '나'와 세상을 탐구하고 있지만, 그이에게 중요한 것은 문을 닫는 절대적인 지식이 아니라 타자들과 함께하는 배움의 과정이다. 때문에 보르헤스가 시를 건네며 낭독을 부탁할 때, 모르는 글자가 적혀 있더라도 "긴장이 되거나 관객이 두렵지 않았다"(「보르헤스의 시」)고 말할 수 있는 것이다. 모르는 것과의 만남은 시인의 기쁨이다.

그것이 기쁨이기에, "모르는 글자에서 꽃이 피기 시작"한다. 그것은 돌돌 말려 있는 것처럼 존재했던 미지의 세계가 펼쳐지는 움직임이다. 이는 또한 존재하는 것들이 지나가며 그렇게 모르는 것들, 타자들과 만나는 존재의 나눔이기도 하다. 모르는 글자에서 피어난 꽃은 계속해서 자라며 끊임없이 자신의 모습을 새롭게 갱신해갈 것이다. 때문에 꽃은 끊임없이 모르는 것이 되어간다. 세상은, 그리고 우리의 삶은 그렇게 펼쳐진다. 지나가는 것들, 사라져가는 것들은 그저 의미 없이 무(無)에 이르지 않는다. "사라지면서 모든 걸 남기는 저녁"(「멈추지 않는 저녁」)이 있는 것처럼, 피어난 꽃은 다시 지며 열매를 맺는다. 그리고 끊임없이 그렇게 지면서 다시 피어난다. 모르는 것이 있다는 사실, 그 모르는 것들을 향해서 또한 걸어갈 길들이 있다는 사실이 시인의 기쁨이며, 세상을 사랑하게 하는 힘이다. 모르는 것이 있다는 사실은 또한 우리의 기쁨과 힘이기도 하다. 우리는 모르는 것들 앞에서만 자기 자신의 한계를, '나'를 열 수 있다. 또한 모르는 것들만이 자신의 문을 우리에게 열도록 한다.

안주철 2002년 창비신인시인상을 통해 등단했다. 시집으로 『다음 생에 할 일들』이 있다.

문학동네시인선 142
불안할 때만 나는 살아 있다

1판 1쇄 2020년 7월 8일
1판 2쇄 2020년 11월 23일

지은이 | 안주철
펴낸이 | 염현숙
책임편집 | 김민정
편집 | 유성원 김필균 김동휘 송원경
디자인 | 수류산방(樹流山房) 본문 디자인 | 유현아
마케팅 | 정민호 박보람 우상욱 안남영
홍보 | 김희숙 김상만 지문희 김현지 이소정 이미희
제작 | 강신은 김동욱 임현식
제작처 | 영신사

펴낸곳 | (주)문학동네
출판등록 | 1993년 10월 22일 제406-2003-000045호
주소 | 10881 경기도 파주시 회동길 210
전자우편 | editor@munhak.com
대표전화 | 031) 955-8888 팩스 | 031) 955-8855
문의전화 | 031) 955-3576(마케팅), 031) 955-8865(편집)
문학동네카페 | http://cafe.naver.com/mhdn
북클럽문학동네 | http://bookclubmunhak.com

ISBN 978-89-546-7300-6 03810

* 이 도서의 국립중앙도서관 출판예정도서목록(CIP)은 서지정보유통지원시스템 홈페이지(http://seoji.nl.go.kr)와 국가자료종합목록 구축시스템(http://kolis-net.nl.go.kr)에서 이용하실 수 있습니다. (CIP 제어번호 : CIP2020025078)

잘못된 책은 구입하신 서점에서 교환해드립니다.
기타 교환 문의: 031) 955-2661, 3580

www.munhak.com

문학동네